I0679943

Paris, Merlin, 1768

Par le m.is Augustin Louis de Ximenès
d'après Barbier

L'EXAMEN
IMPARTIAL
DES MEILLEURES TRAGÉDIES
DE RACINE.

Si j'ai raison, qu'importe qui je fois.
P. Corn. Trag. de Nic.

AVIS DES LIBRAIRES.

Nous avons crû faire plaisir aux Souscripteurs de la nouvelle & magnifique Edition des Œuvres de Racine, en imprimant dans le même format, un Commentaire intéressant des meilleures Tragédies de ce grand Poëte.

Nous nous hâtons de publier l'examen d'Andromaque & de Britannicus, afin de savoir si l'Ouvrage, que nous imprimons, mérite d'être continué. Si cet essai réussit, nous serons en état de livrer le volume entier, qui sera de quatre cens pages, avant le premier Juillet.

AVANT-PROPOS.

L'Ouvrage, que je donne aujourd'hui au Public, est le fruit des réflexions qui se présentoient à mon esprit, au sortir de la réprésentation d'une belle Tragédie de Racine. Je les mettois sur le papier sans ordre & sans dessein. Je me suis surpris souvent, dans l'espace de trente années, en contradiction avec moi-même ; & c'est en remontant à la cause de ces differents Jugemens que j'ai conçu le projet d'examiner des Tragédies si fameuses, avec la plus exacte impartialité. Je parlerai souvent, avec transport, des endroits que je n'ai jamais cessé d'admirer ; & je me défierai beaucoup de mon Jugement, toutes les fois que je serai tenté de critiquer.

Il n'y a aucune gloire à espérer du travail que je me suis imposé ; mais il importe peut-être au progrès du goût, que les Ouvrages de Racine soient mis à leur juste valeur : une nation accoutumée à des spectacles qui ne frappent que les yeux , & qui ne parlent qu'aux sens, perdroit bientôt l'amour du vrai, du beau & du sublime.

Les paffions, qui diviferont les hommes dans tous les tems, corrompent prefque toujours leur jugement : mais ces paffions s'amortiffent, s'éteignent ou meurent avec eux : & la poftérité, lentement éclairée par un petit nombre de fages, marque enfin du fceau de l'immortalité les productions du génie.

Racine fait honneur également à la Nation & au fiécle qui l'ont vû naître. Corneille, en ref-fufcitant les Romains, en les créant peut-être, devint l'idole des François : il avoit réveillé en eux le plus cher de leurs fentimens, celui de l'honneur, & nous avons vû, de nos jours, à quel dégré pouvoit parvenir cet enthoufiafme national.

M. de Voltaire a remarqué plufieurs fautes de Corneille, il en a diffimulé un plus grand nombre. J'oferai en examinant Racine, être beaucoup plus févére que lui, parce que mon opinion n'eft pas du même poids que la fienne, & parce que je ne fais point de Tragédies : le Lecteur judicieux fera en état d'appercevoir, par fes propres lumiéres, la différence effen-tielle qu'il y a entre les défauts reconnus dans les meilleures Tragédies de Corneille ; & les fautes légères de Racine, prefque toujours rachetées par quelque beauté.

Voilà tout ce que j'avois à dire fur le but & le deſſein de mon Ouvrage. Je vais rendre compte, en peu de mots, de la forme que j'ai crû devoir lui donner.

Le ton dogmatique ne me convenoit à aucun égard. Je n'ai point prétendu compoſer une Poëtique : j'ai voulu rappeller au Lecteur des principes connus & puiſés dans les Ouvrages mêmes des plus grands Maîtres ; & ſi j'ai pû en faire une application heureuſe quelquefois, ce ſera le ſeul mérite qui m'appartienne. J'ai ſouvent employé des tournures de M. de Voltaire, quelquefois des phraſes entiéres de Louis Racine, de des Fontaines même & ſurtout de M. l'Abbé d'Olivet, ſans embarraſſer mes Lecteurs de citations inutiles.

Plus l'eſprit Philoſophique s'eſt répandu fur nôtre Littérature, plus l'autorité des grands Noms a été réduite à ſa juſte valeur; & ſi les beautés poëtiques ſont encore des myſtéres, le nombre des initiés égalera bientôt celui des hommes raiſonnables.

Quoiqu'il en ſoit, l'eſprit de juſteſſe ſe communique, & le goût ſe perfectionne dans les Sociétés, tandis qu'il paroît ſe corrompre dans les Ouvrages; comme ſi le génie reſſembloit à

ces Météores que nôtre œil n'apperçoit que
pendant l'obscurité de la nuit. Je ne crains
donc point qu'on m'accuse de témérité, pour
avoir osé soumettre à l'analise les Tragédies du
célébre Rival de Corneille ; mais je crains que
l'on ne me reproche d'avoir souvent loué ce qu'il
falloit reprendre, & d'avoir repris ce qu'il falloit
louer. Je sçais bien que je ne puis contenter
tout le monde ; mais il est très - possible que
mes observations soient généralement censu-
rées. Voilà ce que mon travail avoit d'ingrat
& de rebutant ; voilà les dangers auxquels on
s'expose, quand on paroît vouloir fixer le dégré d'estime qui est dû au mérite des grands hommes. J'aurai beau répéter, à chaque page, que
je ne prétends point juger ; que mes observations ne sont que des doutes ; que je les sou-
mets au Public : je ne persuaderai personne,
mais je m'y attends ; & je me consolerai, en
relisant ce passage d'un * Philosophe moderne.

» Quoique les principes du goût soient uni-
» versels, & à-peu-près les mêmes, chez tous
» les hommes, il n'y en a pourtant qu'un petit
» nombre qui soient capables d'apprécier les

---

* M. Hume.

» productions des Arts, & dont le fentiment
» puiffe paffer pour la régle du beau .... Si
» le Critique n'a point de délicateffe dans l'ef-
» prit, il juge fans difcernement; n'étant af-
» feété que des qualités groffiéres & palpables,
» les touches fines lui échappent : s'il n'a point
» d'exercice, fes décifions font confufes & mê-
» lées de doutes: s'il ne fçait point comparer,
» il admire les beautés les plus frivoles, ou
» plutôt il prend pour beauté ce qui eft dé-
» faut : fi le préjugé le domine, il n'a plus de
» fentiment naturel: s'il manque de bon fens,
» il ne voit pas la beauté du deffein, cette
» beauté raifonnée qui eft la principale. Il y
» a peu de perfonnes éxemptes de toutes ces
» imperfeétions, & voilà pourquoi dans les
» Siécles même les plus polis, les vrais con-
» noiffeurs font fi rares.

F I N.

FAUTES A CORRIGER.

Page première, ligne 5, *encore féroce & guerrier:* supprimez ces quatre mots.

Page 6, ligne 18, *concerti*, lisez *concetti*.

Page 72, ligne 10, après ces mots *de tous les Théâtres peut-être*, ajoutez : l'Auteur moderne d'une Poëtique estimable a prétendu que si la scene de Burrhus avec Néron suivoit, au lieu de précéder, la scene de Néron avec Narcisse, la suspension seroit mieux ménagée, &c. &c. Cela se peut : mais si la vertu de Burrhus l'avoit emporté sur la scélératesse de Narcisse, il n'y auroit plus de raison suffisante pour que Néron fit périr Britannicus ; & la catastrophe seroit opposée au caractere qui doit toujours la faire naitre : elle ne seroit produite que par un changement de volonté. Ce seroit un dénouement moins prévu, mais beaucoup plus défectueux, parce qu'il s'écarteroit de la vraisemblance plus nécessaire au Théâtre que la vérité même.

Page 75, ligne 16, *charmé de vos charmes*, lisez : *séparé* de vos charmes.

Page 39, ligne 4, *voici le Passage* de M. Formoy, &c. &c. lisez : nous allons transcrire ce Passage de M. YEMROF, Membre de l'Académie Impériale de Petersbourg. Cet Ouvrage est assez rare : il a pour titre : REMARQUES SUR RACINE & sur quelques autres ECRIVAINS DU PREMIER ORDRE, à sçavoir, Boileau, Voltaire & M. DE WATELET.

EXAMEN

D'ANDROMAQUE.

Voila un ouvrage qui me femble fait pour ſervir d'époque dans l'hiſtoire des progrès de l'eſprit humain. Corneille, en s'élevant au-deſſus de ſon ſiécle, s'étoit emparé de l'admiration d'un peuple encore féroce & guerrier, avide de ſpectacles, au ſortir de l'horreur des guerres civiles. Racine, émule autant qu'imitateur des Anciens, s'ouvrit une route nouvelle & compoſa un chef-d'œuvre qui n'a pas encore été ſurpaſſé. Nous tâcherons, en l'examinant, de concilier le reſpect que mérite une réputation ſi juſtement acquiſe, avec le reſpect encore plus grand qui eſt dû à la vérité.

A

EXAMEN

SCENE PREMIERE.

Observons d'abord qu'Orefte rencontre heureufement Pilade à la Cour de Pirrhus ; s'ils y étoient arrivés enfemble, Pilade auroit dû fçavoir d'avance tout ce qu'Orefte lui apprend. C'eft de ces petites attentions que naît toujours le plaifir du fpectateur. Corneille avoit connu cet art que Racine a perfectionné.

» Oui, puifque je retrouve un ami fi fidelle ,
» *Ma fortune* va prendre une face nouvelle ;
» Et déja *fon courroux* femble s'être adouci ,
» Depuis qu'elle a pris foin de nous rejoindre ici.

On a remarqué avec raifon qu'on ne peut dire *le couroux de ma fortune.* Ces quatre premiers vers me paroiffent un peu défectueux & d'ailleurs affez inutiles. Ne pourroit-on pas les fupprimer & commencer ainfi ?

» *Qui l'eût dit, qu'un rivage à mes vœux fi funefte ,*
» *Préfenteroit d'abord Pilade aux yeux d'Orefte ?*
» Depuis le jour fatal que la fureur des eaux ,
» *Prefqu'aux yeux de l'Epire* écarta nos vaiffeaux.

Quelques perfonnes ont blâmé cette expreffion ; mais prétendre ainfi gêner les Poëtes , s'eft vouloir détruire toute poéfie. Ce qui eft bien plus à remarquer, c'est le discours de Pilade, aussi élégant que simple : c'est ce ton de la pure amitié, ce ton persuasif & touchant, sans enflure, sans hyperboles & sans aucun mélange d'expressions basses ou forcées.

» . . Je redoutois cette mélancolie
» *Où* j'ai vu si long-tems votre ame ensévelie.

Je ne répéterai plus ce que je vais dire ici; c'est que les poëtes emploient ce mot *où* toutes les fois que les prosateurs disent *dans laquelle*. Il faut bien convenir d'un équivalent, & bon ou mauvais cet équivalent est *où*.

» Le pompeux appareil qui suit ici vos pas,
» N'est point d'un malheureux qui cherche le trépas.

Je ne sais si cette pensée ne manque pas un peu de justesse.

» Et si je viens chercher ou la vie ou la mort.

J'avoue que cette antithèse est recherchée. *Chercher la vie* n'est pas du moins une expression heureuse.

» Tu sçais de *quel courroux* mon cœur alors *épris*,
» Voulut, en l'oubliant, punir tous ses mépris.

On n'est point épris de courroux : pourquoi ? Parce que c'est uniquement de sentimens doux & vertueux que l'on peut être épris. On est subjugué quelquefois & entraîné

par la haine, l'ambition, &c; mais en fuc-
combant à leur violence, on n'en eft jamais
épris.

Racine n'étoit pas encore arrivé à ce point
d'élégance & de perfection, où nous le ver-
rons parvenir dans les ouvrages fuivans. La
langue françoife n'avoit point de modeles, &
Racine n'eut jamais de rivaux.

» Que *mes fens reprenant leur premiére vigueur*;
» L'amour achéveroit de fortir de mon cœur.

Peut-être le premier vers n'améne-t-il pas
le fecond affez naturellement. La vigueur des
fens n'eft pas ce qui affoiblit l'amour. Mais je
prie les admirateurs outrés de Corneille de
l'examiner avec cette fèvérité.

» Tu vis mon défefpoir, & tu m'as vû depuis;
» *Traîner de mers en mers ma chaîne* & mes ennuis.

Cette figure ne préfente-t-elle pas à des lecteurs françois une image plus ignoble que
tragique?

» Mais admire avec moi le *fort dont la pourfuite*
» Me fait courir alors au piége que j'évite:

Cette phrafe eft louche. Voyez les remarques de M. l'abbé *D'Olivet*, que tous les gens
de goût favent par cœur.

» Je fentis que ma haine alloit finir *fon cours*,

On diroit qu'il y a un cours de haine,
comme un cours de droit, &c. Mais ce qu'il
eſt bien plus important de remarquer, voyez,
comme dès les premiers vers de cette ſcéne ;
Oreſte paroît amoureux, entreprenant & capable de tout. Voilà par quelle magie un
perſonnage ſe ſaiſit tout à coup de l'ame
des ſpectateurs qui aiment à entrer dans toutes les paſſions qu'il éprouve & doit éprouver.
Voilà quel eſt l'art créé par Racine & que
les Grecs ni les Romains, ni Corneille lui-
même n'ont jamais connu.

SCENE II.

» Peut-être dans nos ports le verrons-nous deſcendre, &c.

JE ne ſçais ſi le ſens de ces vers ſe préſente
aſſez naturellément.

» *La victoire & la nuit plus cruelles que nous, &c.*
» *Mon courroux aux vaincus ne fut que trop ſévere ;*

On voit aſſez que ces deux vers ne ſont pas
heureux.

» Ce n'eſt pas les Troyens, c'eſt Hector qu'on pourſuit.

Ne faudroit-il pas dire ? *ce ne font pas les Troyens.*

» *Oui , les Grecs fur le fils perfécutent le pere :*
» *Il a par trop de fang acheté leur colere.*

On ne perfécute point *fur ;* & *acheter une colere par du fang* me paroît une tournure forcée.

M. l'Abbé Dolivet s'eft bien gardé de propofer *perfécuter dans ,* comme le difent les nouveaux éditeurs de Racine.

» *Ainfi vous l'envoyez aux pieds de fa maîtreffe.*

Ce vers, ainfi que celui-ci :

» *On dit qu'il a long-tems brûlé pour la Princeffe.*

appartiennent au genre comique.

» *Eft-ce mon intérêt qui le rend criminel ?*

Racine ne dit pas ici ce qu'il devoit dire.

» *Je fouffre tous les maux que j'ai faits devant Troye ...*
. . . .
» *Brûlé de plus de feux , &c.*

Il eft inutile de remarquer combien ce goût des pointes & des *concerti* eft contraire au bon goût.

» Madame , dites-moi feulement que j'efpére.

Je ne fçais fi la dignité de la tragédie admet cette expreffion qui feroit plus à fa place dans une églogue ou dans un madrigal ; mais elle eſt ſi naturelle qu'elle peut échapper à la paſſion d'un Roi comme à celle d'un berger. Les vers ſuivans ſont admirables & cette ſcéne eſt un chef-d'œuvre par l'invention , comme par la diſpoſition & par le ſtile : Cependant la paſſion de Pirrhus intéreſſe peu les ſpectateurs & celle d'Hermione les attache. Pourquoi cette différence ? Tâchons de la faire ſentir.

Pirrhus aime Andromaque qui ne l'aime point & qui ne doit point l'aimer. Hermione, au contraire, aime Pirrhus, dont elle a dû ſe croire aimée ; ſi nous ſommes injuſtes dans nos paſſions , nous ne le ſommes pas , quand il s'agit de juger de celles d'autrui : c'eſt pourquoi , ce me ſemble , nous ne plaignons que des malheurs qui ne ſont pas cauſés par des folies trop marquées & des fautes inexcuſables ; c'eſt un grand principe établi par M. de Voltaire que tout *amant qui n'eſt pas aimé paroît toujours inſipide au théâtre.*

Sacrés murs, que n'a pu conſerver mon Hector.

Cette apoſtrophe aux murs d'Ilion n'eſt-elle pas une imitation un peu vicieuſe des anciens ? On ne veut plus rien qui ſente la déclamation : elle refroidit toujours le dialogue & devient moins tolérable , à proportion que le personnage doit éprouver de plus grandes émotions.

Souffrez que loin des Grecs, & même loin de vous,
J'aille cacher mon fils & pleurer mon époux.

Peut-être que ce mot *cacher* n'eſt pas aſſez noble.

Retournez, retournez à la fille d'Hélène.

Faiſons grace à la familiarité de cette expreſſion ; ſi elle n'appartient pas au ton de la tragédie, convenons qu'elle eſt naturelle, & qu'on diroit difficilement la même choſe en auſſi peu de mots. La répétition même de ce mot *Retournez* a je ne ſçais quoi de ſimple & de négligé qui attache & qui plaît. On voit qu'Andromaque ne dit que ce qu'elle ſouhaite, qu'elle eſt ſans artifice, ſans coquetterie & que ſon cœur s'épanche ſans affectation.

» *Et le puis-je, Madame ? Ah que vous me gênez !*

Ce n'eſt pas encore le mot propre, & je doute que Racine l'eût choiſi, ſans la tyrannie de la rime qui le lui offroit.

Ah ! qu'un ſeul des ſoupirs que mon cœur vous envoie,
S'il s'échappoit vers elle, y porteroit de joie.

Des *ſoupirs qu'on envoie* forment une image un peu déſagréable : mais la réponſe d'Andromaque

maque effaceroit des fautes bien plus graves.
On a dit, je ne fçais pourquoi, que les Héros &
les Héroines de Racine fe reffembloient trop
& que c'étoit une preuve de ftérilité ; pour moi
ce que j'admire le plus c'eft la variété des fentimens ; c'eft la vérité des traits qui caractéri-
fent l'amante de Titus, celle de Xipharés, la
veuve d'Hector & la fille de Clytemneftre.

Oui, mes *vœux* ont *trop loin pouffé* leur violence,
Pour ne plus s'arrêter que dans l'indifférence.

Appellons les chofes par leur nom ; voilà
deux vers très-mauvais ; le fens eft louche ;
les expreffions font entortillées, la langue eft
violée : mais les vers fuivans font clairs, précis,
lumineux ; & Racine ne bronche prefque jamais,
fans fe relever plus brillant & plus fort.

» *Ainfi tous trois, Seigneur, par vos foins réunis*
» *Nous vous . . . . .*

Ces interruptions, très-commodes pour le
Poëte, deviennent des beautés quand la paffion des interlocuteurs les rend néceffaires.

Je lui veux bien encore accorder cette joie.

Lorfqu'Andromaque parut, la France pouvoit déjà s'applaudir de plus d'un chef-d'œuvre ;
mais le goût y étoit à peine à fon aurore, &

B

ces nuances légéres qui doivent diftinguer les genres différens, étoient alors tout-à-fait in-connues.

Et dont vous regrettiez la conftance & l'amour.

Ici le mot propre manque à Racine : ce n'eft point la conftance d'Orefte que devoit regret-ter Hermione, fi elle regrettoit fon amour ; fi c'eft une éllipfe elle eft un peu forte : Cependant avec un peu d'attention, on découvre le vrai fens de l'Auteur ; mais il faut deviner.

C'eft cet amour, payé de tant d'ingratitude ;
Qui me rend en ces lieux fa préfence fi rude.

Racine n'avoit pas encore appris à faire des vers difficilement, ce dernier hémiftiche n'eft pas heureux : mais que ceux-ci font naturels, éloquens & profonds !

Quelle honte pour moi ! Quel triomphe pour lui ;
De voir mon infortune égaler fon ennui.
Eft-cela, dira-t-il, cette fiere Hermione ?
Elle me dédaignoit... un autre l'abandonne, &c. &c.

Quelle vérité ! Quel charme de ftyle ! Quel développement du cœur des femmes ! elles avoient raifon de courir en foule à un théâtre où les paffions, qu'elles infpirent & qu'elles ref-fentent, parloient, pour la premiére fois, un langage auffi vrai qu'enchanteur. Ce n'eft point, comme on l'a dit froidement, parce que Corneille vieilliſſoit, qu'elles devoient lui préférer Racine : c'eſt que Racine parle à l'ame, & que Corneille ne parloit qu'à l'eſprit, dans tous les ouvrages qui ont ſuivi le Cid.

Ah ! diſſipez ces indignes allarmes

Pourquoi, *indignes ?*

ɔ Vous croiez qu'un Amant *vienne* vous inſulter ?

Ce n'eſt point par haſard que Racine laiſſa cette apparence de faute, qui ſubſiſte dans toutes les éditions faites ſous ſes yeux ; mais je demande, ſi les priviléges de la poëſie vont juſqu'à violer la ſyntaxe, quand il n'en réſulte aucune beauté. *Croyez-vous ?* au lieu de : *vous croyez,* rendoit la phraſe correcte.

Pirrhus a commencé ; faites du moins le reſte.
Pour bien faire, il faudroit que vous le prévinſſiez.

Voilà de petites négligences, qui n'étoient pas même remarquables en 1668. Mais dans tous les tems la réplique d'Hermione devoit être admirée, parce qu'elle reſpire la paſſion & la vérité. C'eſt ce paſſage continuel & rapide de l'amour le plus vrai au déſeſpoir le plus touchant ; c'eſt ce choc de tant de paſſions violentes & oppoſées, qui attache l'auditeur qui l'en-

B ij

traîne & lui permet à peine de diſtinguer la
fiction d'avec la vérité même.

Où Racine avoit-il trouvé des modéles de
cet art enchanteur & ſi fort au deſſus des régles?
Où? Dans une ame ſenſible & brûlante, dont
il avoit ſondé profondément les replis. Racine
aima : & Racine eut en partage tous les dons du
génie : il y ajouta le mérite d'une étude ſuivie
des Anciens, l'aſſiduité d'un travail opiniâtre &
un talent plus rare encore, celui de deviner les
principes du goût : enfin, pour comble de bonheur, Racine eut Deſpréaux pour ami.

J'ai déjà ſur le fils attiré leur colére.

Je ne ſcais ſi ce projet prémédité de faire
périr Aſtianax ne rend pas Hermione un peu
moins intéreſſante.

Voyez, ſi ſa douleur en paroît ſoulagée.

Liſez les excellentes notes de M. l'abbé *D'O-
livet* (qui ſont autant de leçons de grammaire)
vous verrez que cet *en*, ne peut ſe rapporter aux *ſoupirs.* Mon but n'eſt pas de m'arrêter
aux fautes de langage. Mais admirons comme
Hermione, remplie de ſon amour, n'écoute
rien de ce que lui dit Cléone, ne fait aucune
attention à ſes diſcours, ne voit que Pyrrhus
dans la nature entiere & ſemble abſorbée

dans le fentiment qui la domine. Il n'y a point de fpectateur qui ne fente le mérite de ces paffages. Corneille paroît avoir eu la même idée, quand il fait dire à *Camille* dans *les Horaces.*

Il me parla d'amour fans me donner d'ennui.
Je ne m'aperçus pas que je parlois à lui.

Racine met en action ce que *Camille* fait remarquer avec efprit. C'eft ainfi qu'il eft permis d'imiter en furpaffant fes modéles. Le lecteur attentif a fouvent occafion de faire de femblables obfervations.

Me voyoit-il de l'œil qu'il me voit aujourd'hui ?

Avoüons qu'il y a ici une fauté legére, & qui n'eft rachetée par aucune beauté, fi ce n'eft peut-être la rapidité du difcours; mais la paffion même ne difpenfe jamais des régles étroites de la fyntaxe & il falloit néceffairement : *me voyoit-il de l'œil dont il me voit ?* d'ailleurs voir d'un œil, n'eft pas une expreffion heureufe. Le refte de cette tirade eft d'une extrême élégance. Je ne fçais cependant fi *les Grecs dans la joie*, eft une expreffion convenable au ton de la tragédie.

Ah ! je ne croyois pas qu'il fût fi près d'ici.

J'ai vû très-fouvent le parterre de **Paris**

rire à ce vers, comme il rit à plufieurs vers de Corneille. Eft-ce blâme ? Eft-ce approbation ? Il ne m'appartient pas de décider : mais je ferois bien fâché que Defpréaux eût fait fupprimer un tel vers.

Le croirai-je, Seigneur, &c.

Admirez comme Hermione fe remet tout-à-coup, avec quelle bienféance elle entame la converfation avec Orefte ! il faut convenir, que cette préfence d'efprit n'appartient qu'aux femmes ; qu'elles feules poffédent cet artifice innocent : la contrainte & la diffimulation dont elles font ufage, dès leur premiére jeuneffe, les accoutument infenfiblement à cet empire fur elles-mêmes, qu'elle confervent dans les fituations les plus critiques.

Madame, c'eft à vous de prendre une victime
Que les Scythes auroient dérobée à vos coups ;
Si j'en avois trouvé d'auffi cruels que vous.

Il n'y a perfonne aujourd'hui qui ne fente le ridicule de ces vers ; mais il n'y avoit perfonne en état de les défapprouver, quand ils furent récités pour la premiére fois : c'eft Racine lui-même qui nous apprit, dans la fuite, à méprifer ces miférables jeux de mots dont l'Italie avoit infecté notre littérature & qui défigutérent l'éloquence, dans tous les genres.

Faut-il que d'un transport leur vengeance dépende ?

Je ne sçais, si on peut employer ce mot, *trans-port*, sans le joindre avec un autre. *Transport d'amour*, *transport de haine*, &c. se dit très-bien ; mais *transport* tout seul semble ne dési-gner qu'un transport au cerveau : c'est aux Grammairiens à juger.

Dégagez-vous des soins dont vous êtes chargé.

Je suis bien trompé si c'est le mot propre. Comme on ne s'engage point dans des soins, on ne s'en dégage point. Nulle vraie beauté, sans la propriété & le choix des expressions.

Quelle est cette rigueur tant de fois alléguée ?

Ce terme de pratique semble ne devoir pas entrer dans un vers ; mais voyez comme il est heureusement choisi & employé par le Poëte. Ce morceau d'ailleurs est plein de charmes, & je ne sçais si nous avons, sur aucun théatre, une femme aussi aimable qu'Hermione.

Souhaité de me voir, ah ! divine Princesse . . . .

Divine Princesse ne seroit pas tolérable au-jourd'hui.

Ouvrez vos yeux ; songez qu'Oreste est devant vous,

Pourquoi *vos yeux* ? écrit-on : *j'ai mal à ma
tête.*

*Oui, c'e/t vous, dont l'amour naiſſant avec leurs charmes
Leur apprit le premier le pouvoir de leurs armes.*

Ces deux vers ſont un peu défectueux, mais
ne gâtent point une ſcéne remplie de tant de
mouvemens ſi agréables, ſi variés, ſi naturels,
& qui ſur-tout avoient alors tout le mérite de
la nouveauté. Les tableaux des plus grands
Maîtres ont été ſouvent défigurés par leurs
élèves & les hommes de génie, tels que *Racine*, produiſent des imitateurs ſubalternes,
qui ont le malheureux ſecret de rendre inſipi-
des & triviales les beautés les plus frappantes,
en croyant les copier.

Vous-ſeule pour Pirrhus diſputez aujourd'hui.

Diſputer ne me ſemble pas le mot propre.
Le reſte eſt d'une beauté achevée.

SCENE III.

Oui, oui, vous me ſuivrez, n'en doutez nullement.

R EMARQUONS que, malgré *l'hiatus*, l'uſage
permet encore aux Poetes, de joindre ces deux
affirmations:

Un

Il n'attend qu'un prétexte à l'éloigner de lui.

Un prétexte *pour* seroit plus régulier & nécessaire en profe.

SCENE IV.

Je vous cherchois, Seigneur, *un peu de violence*
M'a fait de vos raisons combattre la puissance,

VIOLENCE n'est pas le mot propre & une
violence qui fait combattre la puissance des raisons,
ne me paroît pas une tournure digne de Racine. Le reste du discours de Pirrhus est noble,
précis & d'autant plus admirable, qu'il chan-
ge, tout-à-coup, la situation de tous les personnages; c'est un coup de théatre, en paroles,
mille fois plus difficile à trouver que toutes ces
reconnoissances où l'art du Poëte paroît trop à
découvert & ne produit que des surprises sans
émotion.

Cette Scène est unique dans son genre.

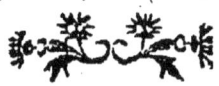

SCENE V.

. . . Eh bien, Phœnix ! l'amour est-il le maître ?

QUELLE vérité ! quel développement de l'ame ! Nous aimons à retrouver nos senti-mens dans ceux que Racine a feints. Cette Scène me semble aussi parfaite que la précéden-te. Ce n'est cependant qu'une Scène sans action & avec un confident. Il faudroit un commen-taire plus long que le texte, pour en faire observer toutes les beautés.

A C T E   I I I.

SCENE PREMIERE.

PILADE

Eh bien ! il la faut enlever.

LES connoisseurs sçavent assez l'extrême mé-rite de cette réponse si simple. Que c'est bien connoître les hommes & leurs passions ! Pilade voit qu'Oreste n'est point en état de l'enten-dre : il commence par donner les mains à tous

ſes projets, il paroît vouloir tout ce que veut
ſon ami. Voilà de ces fineſſes de l'art qui
devoient échapper aux premiers ſpectateurs de
cette tragédie : plaignons Madame de Sévigné
de ne les avoir pas apperçues ; mais gardons-
nous de ſouſcrire à ſes Jugemens ſur Racine
qui vivra beaucoup plus long tems qu'elle
dans la mémoire.

Commandez à vos yeux de garder le ſecret.

Je ne ſçais ſi cette expreſſion n'eſt pas un
peu forcée.

Ces Gardes, cette Cour, l'air qui nous environne,
Tout dépend de Pirrhus & ſurtout d'Hermione.

C'eſt ainſi que la Poëſie ſçait tout animer.
Si on la privoit de ſes priviléges, nos Vers ne
ſeroient plus que de la Proſe rimée.

O Dieux ! en cet état pourquoi la cherchiez-vous ?

On a déjà remarqué que ce mot étoit déſagréable dans notre langue.

Vous l'accuſez, Seigneur, de ce Deſtin bizarre.

Eſt-ce une faute d'impreſſion ? Faut-il *deſſein* ? Mais *deſſein* ſe trouve encore dans le vers
ſuivant. *Bizarre* n'eſt pas une expreſſion aſſez
noble, ce me ſemble, pour la Tragédie.

Son cœur, entre l'amour, & le dépit confus,

C ij

Confus n'eſt pas le mot propre : Racine vouloit dire *partagé*.

Admirez avec quelle adreſſe Pilade ſe ſert
de la paſſion même d'Oreſte pour la combattre & pour le détourner de ſa coupable entrepriſe ! voilà comment le Poëte parvient à ſe
cacher tout-à-fait, & à s'approprier le caractére
du perſonnage qu'il fait parler.

Et que ſes yeux cruels à pleurer condamnés,
Me rendent tous les noms que je leur ai donnés.

Pourquoi Oreſte s'attire-t-il la pitié des ſpectateurs qui le condamnent ? c'eſt qu'il eſt trompé ; c'eſt qu'Hermione a paru déterminée à le
ſuivre ; à l'aimer peut-être : il falloit tout
cela, pour qu'il fût écouté avec plaiſir, pour
qu'on le plaignît : Oreſte ſemble entraîné au
crime malgré lui par la violence de ſa paſſion ;
& cette paſſion eſt celle qui obtient le plus ai-
ſément notre indulgence : voilà pourquoi c'eſt
la plus théatrale.

Perpenna, méditant d'aſſaſſiner *Sertorius*, ne
touche perſonne & ne paroît qu'un ſcélérat
ſubalterne, parce que ſa paſſion n'eſt pas aſſez
développée parce qu'elle ne parle point un langage aſſez vrai. Plus on examinera *Corneille*,
d'après ces principes de M. De *Voltaire*, plus

on découvrira la plaie fecrette qui a tué Per-
tharite, Œdipe, Théodore, Dom-Sanche, Nico-
méde, Sertorius, &c. & fera périr peut-être,
quelque jour, Pompée, Héraclius, & Rodogune
même, fans que leur Auteur cesse d'être im-
mortel.

Allons, Seigneur, enlevons Hermione.

Je ne fçais fi le fpectateur pardonne à Pilade
ce qu'il excufe dans Orefte. Pilade a beau être
l'ami d'Orefte ; il ne devroit pas être ravif-
feur : Pilade eft fans paffions ; Pilade doit être
vertueux ; & je crois que ce confentement a une
action qu'il doit défaprouver, le dégrade un
peu. Plus j'approuve cet hémiftiche, *il la faut
enlever*, plus j'oferai condamner celui-ci. J'en
ai dit les raifons précédemment. C'eft en vain
que l'on me répondroit, que Pilade ne confent,
une feconde fois, à l'enlevement d'Hermione,
que pour détourner enfuite Orefte de fon deffein, quand il fera plus tranquille : le fpectateur doit croire, qu'il s'y prêtera, puifqu'il entre lui-même dans le détail des moyens qui
peuvent le favorifer.

La Scène fuivante eft un modéle : la précifion & la convenance en font tout le mérite.

S C E N E   I I I.

Attendois-tu, Cléone, *un courroux si modeste ?*

*M*ODESTE n'étoit pas le mot propre ; mais c'est une heureuse hardiesse, ce me semble.

Je le plains d'autant plus, *qu'auteur de son ennui,*
Le coup qui l'a perdu n'est parti que de lui.

C'est ce qu'on appelle un *Latinisme ;* dont Racine enrichissoit notre Langue, & nous cherchons à l'appauvrir. Que de mots énergiques, Sonores & nécessaires, proscrits par l'usage, par ce tyran le plus imbécile & le plus despotique de tous les tyrans !

Comptez, depuis quel tems votre hymen se prépare.

On *compte les tems,* mais on ne compte pas *depuis le tems.* Cette remarque n'est que pour les Profateurs.

SCENE IV.

Voila encore une Scène qui a le mérite de
la précision & de la briéveté. Chaque mot eſt
à ſa place. Rien de trop. Que les bienſéances y
ſont finement obſervées ! Et je ne compte ici
pour rien la difficulté vaincue.

SCENE VI.

Ne m'avois-tu pas dit, qu'elle étoit en ces lieux ?
. . . . . . *Où donc eſt la Princeſſe ?*

Je ne ſçais ſi ces *à parte* ne réfroidiſſent pas
la Scène plutôt qu'ils ne la préparent. Nos
Théatres ne ſont pas conſtruits de maniére à
conſerver l'illuſion , ſans laquelle les artifices,
même les plus néceſſaires au Poéte , ne produiſent aucun effet ſur les ſpectateurs.

Dieux ! ne pourrai-je , au moins , toucher votre pitié ?

Je ne ſcais ſi c'eſt le mot propre. Il me ſemble que la pitié s'*emeut* & ne ſe *touche* point.
C'eſt aux Grammairiens à prononcer.

Sans eſpoir de pardon , m'avez-vous condamnée ?

Vous (dit M. l'Abbé D'olivet) ſe rapporte

à Pirrhus , & *fans efpoir* doit fe rapporter à Andromaque : donc le fens eft : *m'avez vous condamnée , fans efpérer de pardon ?* & le fens doit être : *m'avez vous condamnée , fans qu'il me refle aucun efpoir de pardon ?*

Cependant le fens de l'Auteur eft fi manifeftement clair , qu'il n'y a plus de faute , ce me femble.

Pardonnez à l'éclat d'une illuftre fortune ,
Ce refle de fierté , qui craint d'être importune.

Ceux qui voudroient , qu'il y eût *importun ,* ne connoiffent guéres les priviléges de la Poëfie ni les fineffes de notre Langue.

La haine , le mépris , contre moi , tout s'affemble.

Il faut convenir , que cet hémiftiche n'eft pas heureux : *s'affemble* eft mis ici pour *fe réunit ;* mais ce n'eft pas un équivalent.

Jouiffez à loifir d'un fi noble courroux.

Je ne puis approuver cette expreffion & l'ironie acheve , ce me femble , de la rendre plus défectueufe.

Allons rejoindre mon Epoux.

Je ne puis diffimuler la vérité. Il me femble qu'Andromaque parle trop fouvent de mourir , c'eft peut-être pourquoi elle touche fi peu,

malgré

malgré toutes les beautés de détail qui font
répandues dans fon rôle.

J'ai vû trancher les jours de ma famille entiére,
Et mon Epoux fanglant traîné fur la pouffiére,

Ceux qui ont fait une étude approfondie de
notre langue fçavent qu'il n'eft pas permis de
joindre un fubftantif à un verbe qui le précéde.
ainfi, après avoir dit,

J'ai vû trancher les jours &c.

il falloit répéter ;

J'ai vû mon Epoux fanglant &c.

Mais, encore un coup, ne gênons pas tant
les Poëtes & accordons leur quelque liberté,
à condition qu'ils n'en feront ufage que pour
augmenter notre plaifir.

___

SCENE VII.

Je renvoye Hermione, & je mets fur fon front,
Au lieu de ma couronne, un éternel affront.

JE ne fçais fi c'eft une beauté, une faute ou
une hardieffe ; il eft fûr qu'en profe, on ne
mettroit pas *un affront fur le front*, comme
on y met une couronne ; mais c'eft précifément
ce qui me fait croire que cette figure neuve &
frappante doit être approuvée de tous les Poëtes.

D

Corneille créa le théâtre en France : & Racine, par mille expreſſions de génie, eut l'honneur de fixer la langue.

SCENE VIII.

CETTE Scéne eſt un peu languiſſante au théatre : nous en avons déjà dit la raiſon ; c'eſt
qu'Andromaque eſt ſans paſſions ; c'eſt que Pirrhus l'aime ſans en être aimé, c'eſt qu'elle répéte
trop ſouvent qu'elle veut mourir. Auſſi Racine,
qui ſentoit bien le défaut de ce perſonnage, a-
t-il eu ſoin d'écrire ce rôle avec une élégance
continue, & je n'y trouve rien à reprendre, ſi
ce n'eſt peut-être cet hémiſtiche que dit Cé-
phiſe, en interrompant Andromaque aſſez mal
à-propos. Voici le vers entier :

ANDROMAQUE.

Hé bien, va l'aſſurer . . . .

CEPHISE.

De quoi ? de votre foi.

Et le dénoument de cette Scéne qui finit
par ce vers,

Allons ſur ſon tombeau, conſulter mon Epoux.

ACTE IV.

SCENE PREMIERE.

Encore Andromaque qui reparoît sans avoir rien à dire de nouveau , & qui veut toujours mourir ! Voilà ce que les *Subligny* ne remarquérent pas, parce que la haine aveugle presque toujours. Voilà ce que Madame de Sévigné devoit remarquer , au lieu d'annoncer dédaigneusement qu'on en reviendroit à Corneille. Comme si l'on ne pouvoit admirer le vieux *Horace* , & pleurer avec *Berénice*.

Quel plaisir d'élever un enfant qu'on *voit croître,*
Non plus comme un esclave élevé pour son Maître ;
Mais *pour voir avec lui renaître* tant de Rois !

Ces mots *on voit croître*, pour *voir renaître* , m'embarassent l'esprit. Je ne trouve ni le sens clair ni l'expression correcte.

La fin de cette Scène est admirable & tout le monde sçait par cœur ces vers charmans :

Fais connoître à mon fils les Héros de sa race :
Autant que tu pourras, conduis-le sur leur trace.

D ij

Dis-lui par quels exploits leurs Noms ont éclaté ;
Plutôt ce qu'ils ont fait que ce qu'ils ont été.
Parle-lui, tous les jours, des vertus de son pere ;
Et quelquefois aussi parle-lui de sa mere.

Si Andromaque avoit parlé moins souvent de sa mort prochaine, si l'amour qu'elle a pour son fils avoit été l'unique sujet de la Piéce, cette Scène auroit produit un plus grand effet ; mais je le répéte, Racine ne vouloit pas que les grands coups fûssent portés par Andromaque : c'étoit assez qu'elle se fit écouter : c'est Hermione qui doit toucher, émouvoir, attendrir, exciter la pitié & faire couler nos larmes.

SCENE II.

Il est certain que le Théatre reste vuide ; & Corneille l'avoit déjà purgé de cette irrégularité. Je ne sçais si cette premiére Scène étoit nécessaire ; mais elle paroît un peu froide. N'apprendroit-on pas aussi bien par Hermione que par Andromaque elle-même, l'hymen de Pirrhus avec sa Captive ? Je suis loin de proposer des changemens ; j'expose mes doutes.

Et votre bouche, encor *muette à tant d'ennui,*
N'a pas daigné s'ouvrir pour se plaindre de lui.

Racine enrichissoit ainsi notre langue par des hardiesses.

Fais-tu venir Oreste ?

Que ces deux mots peignent bien la jalousie morne & interne d'Hermione ! Racine semble se transformer dans tous les Personnages qu'il fait parler : il épouse leurs passions. Il faut relire toute cette Scène au lieu de la louer.

SCENE IV.

Quel plaisir de venger moi-même mon injure,
De retirer mon bras teint du sang du parjure,
Et pour rendre sa peine & mes plaisirs plus grands,
De cacher ma rivale à ses regards mourans.

Je ne sçais si dans les mouvemens d'une aussi grande passion que celle d'Hermione, l'idée de *cacher sa rivale à ses regards mourans*, n'approche pas plus du bel-esprit que de la nature & de la vérité.

Va le trouver, dis-lui qu'il apprenne à l'ingrat
Qu'on l'immole à ma haine & non pas à l'Etat.

Chere Cléone, cours. Ma vengeance eft perdue,
S'il ignore en mourant que c'eft moi qui le tue.

. . . . à
. . . .

Ah! cours après Orefte, & dis-lui, ma Cléone,
Qu'il n'entreprenne rien fans revoir Hermione.

Je n'ai pas obfervé toutes les beautés dont
étincelle cet inimitable rôle d'Hermione,
parce qu'elles font apperçues aujourd'hui par
les moins clair-voyans.

Mais me permettra-t-on de dire ma penfée
fur l'effet qu'a dû produire cet ouvrage dans
fa nouveauté ?

Les traits de génie tels que le fameux *qu'il
mourut*, frappent les hommes dans tous les
tems, & les fineffes de l'art ne peuvent être
fenties que par des Connoiffeurs d'un goût
exercé, d'un efprit délicat, d'un caractère fen-
fible, & d'une humeur impartiale : ainfi ce
n'étoit pas de fes contemporains que Racine
devoit attendre la juftice que la poftérité lui
rendra.

ACTE V.
SCENE I.

Ah! ne puis-je sçavoir si j'aime ou si je hais?

Dans toute autre situation ce vers seroit ridicule; ici, il me paroît sublime: parce qu'il peint l'égarement, & d'un seul trait.

Le cruel! de quel œil il m'a congédiée.
Sans pitié, sans douleur au *moins étudiée.*

Heureuse tournure! dont Racine embellissoit encore la langue Poëtique.

Je tremble au seul *penser* du coup qui le menace.

Pourquoi avons-nous laissé proscrire ce mot nécessaire à notre Poësie déjà si contrainte & si pauvre?

Ce monologue est assez long, mais n'ennuie point. Pourquoi? C'est que la passion d'Hermione est si vraie que le Spectateur semble la partager: c'est qu'Hermione s'est emparée de bonne heure de toutes les facultés de notre ame. Disons-le encore une fois: c'est que l'art est toujours caché, & que le Poëte ne se montre jamais.

La Philosophie, qui ne contraint point le

génie des Poëtes, mais qui pose les bornes qu'il doit respecter, est favorable aux progrès de tous les arts : c'est la sécheresse d'une métaphysique abstraite qui fane toutes les fleurs du Parnasse, comme le faux bel esprit a longtems étouffé la Nature.

Racine examiné par des Philosophes a beaucoup gagné. Je ne sçais si Corneille pourroit subir cette épreuve avec le même avantage.

S C E N E II.

Et d'un œil où brilloient sa joie & son espoir.
S'enyvrer en marchant, du plaisir de la voir.

CES deux vers sont défectueux, parce qu'il s'y trouve deux images incohérentes.

Andromaque, au travers *de mille cris de joie,*
Porte jusqu'aux autels le souvenir de Troye.

Cette Andromaque, *au travers des cris,* ne me présente qu'une figure mal suivie : mais tout ce que dit Hermione est d'une beauté achevée.

Son salut & sa gloire,
Semblent être avec vous sortis de sa mémoire.

On

Un Grammairien févére pourra trouver quelqu'inexactitude dans cette phrafe , & l'homme de goût n'en trouvera pas moins ces deux vers charmants , parce qu'ils font naturels , faciles & harmonieux.

*Phénix même en répond, qui l'a conduit exprès
Dans un Fort éloigné du Temple & du Palais.*

Ce *qui* après un verbe, rend toujours la phrafe un peu louche.

Il refpecte en Pirrhus Achille & Pirrhus même.

Ce vers ne me paroît pas à fa place : plus il feroit bien ailleurs , moins il convient dans la bouche de Cléone , qui ne doit pas fe permettre d'ingénieufes réflexions. *Semper ad eventum feftinet.* C'eft un précepte qu'il ne faut jamais perdre de vue.

*Enfin il eft entré, fans fçavoir , dans fon cœur,
S'il en devoit fortir coupable ou fpectateur.*

Dans fon cœur, me paroît au moins inutile. Mais que de défauts ne racheteroit point la réplique d'Hermione? La voici :

Non : non : il les verra triompher fans obftacle,

E

Je me livre, moi-même, & ne puis me venger!

Comme Racine fçait annoblir des penfées, qui par elles-mêmes femblent peu convenables à la Tragédie!

Corneille fait dire à *Pulchérie*, parlant à *Phocas* :

L'Efclave le plus vil qu'on puiffe imaginer,
Sera digne de moi, s'il t'ofe affaffiner.

S C E N E III.

Tais-toi, perfide.

VOILA un coup de théatre vraiment neuf; & voilà ce que j'appelle une création. Je ne fçais fi le fameux *qu'il mourut*, eft plus fublime ; mais il eft certain qu'il n'affecte pas plus vivement l'ame des Spectateurs un peu fenfibles. Qu'Hermione eft touchante en ce beau moment ! comme elle fe reconcilie avec tous les cœurs : comme nos larmes fe confondent avec les fiennes! tout ce que je dirois, feroit trop au-deffous du mérite de cette admirable tirade. La voici toute entiére.

Tais-toi, perfide;
Et n'impute qu'à toi, ton lâche parricide.
Vas faire chez tes Grecs admirer ta fureur,
Vas; je la défavoue, & tu me fais horreur,
Barbare, qu'as-tu fait? avec quelle furie

As-tu tranché le cours d'une si belle vie ?
Avez-vous pû, cruels, l'immoler aujourd'hui,
Sans que tout votre sang se soulevât pour lui.
Mais parle, de son sort qui t'a rendu l'arbitre ?
Pourquoi l'assassiner ? qu'a-t-il fait ? à quel titre ?
Qui te l'a dit ?

ORESTE.

      O Dieux ! quoi, ne m'avez-vous pas
Vous même, ici, tantôt, ordonné son trepas ?

HERMIONE.

Ah ! falloit-il en croire une Amante insensée ?
Ne devois-tu pas lire au fond de ma pensée ?
Et ne voyois-tu pas dans mes emportemens,
Que mon cœur démentoit ma bouche à tous momens ?
Quand je l'aurois voulu, falloit-il y souscrire ?
N'as-tu pas dû, cent fois, te le faire redire ?
Toi-même, avant le coup, me venir consulter,
Y revenir encore, ou plutôt m'éviter ?
Que ne me laissois-tu le soin de ma vengeance ?
Qui t'amene en des lieux où l'on fuit ta présence ?
Voilà de ton amour le détestable fruit :
Tu m'apportois, cruel, le malheur qui te suit.
C'est toi, dont l'ambassade, à tous les deux fatale,
L'a fait, pour son malheur, pencher vers ma Rivale.
Nous le verrions encor nous partager ses soins :
Il m'aimeroit peut-être, il le feindroit du moins.
Adieu ; tu peux partir. Je demeure en Epire ;
Je renonce à la Gréce, à Sparte, à son empire,
A toute ma famille ; & c'est assez pour moi,
Traître, qu'elle ait produit un monstre tel que toi.

Je n'ai rien à dire fur la derniére Scène de cette Tragédie, fi ce n'eft que les quatre derniers vers m'en paroiffent inutiles : celui-ci eft fublime.

Que vois-je, à mes yeux, Hermione l'embraſſe.

Je n'ai pas promis à mes lecteurs de les inftruire; mais j'ai promis de ne les point tromper. J'ai tenu parole. J'ai rendu compte des impreffions que cette Tragédie m'a faites en des tems différens : je n'ai point prétendu juger : je me fuis flatté que mes doutes pourroient, quelque jour, mériter une décifion.

Depuis cent ans révolus, aujourd'hui qu'Andromaque parut fur notre Scène pour l'honorer, tous les partis font diffipés, les haines font éteintes, les rivalités n'exiftent plus, l'envie même fe taît. La France s'applaudit du nom de Corneille & jouit du mérite de Racine. Tous deux font mis au rang des génies, & la poftérité n'a point encore prononcé entr'eux.

REMARQUES

SUR BRITANNICUS.

SCENE I.

Qu'*errant* dans le Palais fans fuite & fans efcorte,
La Mere de Céfar veille feule à fa porte.

En profe l'on diroit errante : mais l'exemple de Racine peut avoir force de Loi.

Quoi! vous, à qui Néron doit le *jour qu'il refpire.*

Les Poëtes ont encore imité cette façon de parler ; & l'ufage femble l'avoir autorifée, quoiqu'elle paroiffe impropre & irréguliére. On refpire l'air, & on reçoit le jour.

Tout lui parle, Madame, en faveur d'Agrippine :
Il vous doit fon *amour.*

Ce n'eft pas de l'amour qu'un fils doit à fa mere ; c'eft de la tendreffe & du refpect : mais gardons-nous d'exiger des Poëtes cette ridicule exactitude : cependant je ne fçais fi Racine n'auroit pas mieux fait d'éviter ce mot d'*amour* en parlant d'Agrippine & de Néron, foupçonnés tous deux d'un commerce criminel.

> Ah ! toute fa conduite,
> *Marque dans fon devoir* une ame trop inftruite.

On s'inftruit de fon devoir , & l'on s'inftruit dans un livre ; mais on ne s'inftruit pas dans fon devoir.

> Rome, depuis trois ans , par fes foins gouvernée,
> *Au tems de fes Confuls croit être retournée.*

Racine embellit encore notre langue d'une figure neuve, hardie, & qui me femble très-heureufe. Que l'on cherche à dire la même chofe en profe avec autant d'énergie & de précifion.

> Il commence , il eft vrài, *par où* finit Augufte.

Commencer *par où* ne me paraît ni exact, ni élégant, & je n'aime point cette antithéfe qui me femble trop prolongée.

> *Je lis fur fon vifage*
> *Des fiers Domitius l'humeur trifte & fauvage*, &c.

Qui croiroit que ces deux vers & les fuivans ont été repris par un habitant de ces Nations Hiperborées , dont le nom à peine étoit connu parmi nous , lorfque Racine compofa cette Tragédie ? La Ville, qui produit aujour-

d'hui des Commentateurs de cet illuftre Ecrivain, fituée aux extrêmités de notre conti-
nent, n'exiftoit pas. Voici la remarque de M.
Formey, qui a plus de Philofophie que de goût:

  » *Je trouve fiers & fierté trop voifins ; cette épi-*
» *théte répétée identifie d'ailleurs le caractère des*
» *Domitius & celui des Nérons. Enfin, qu'eft-ce*
» *que mêler de l'orgüeil avec de là fierté ? Ces deux*
» *ingrédiens font-ils fort différens ?* &c.

Que m'importe, après tout que Néron *plus fidéle*,

Fidéle me paraît très-inutile, & rend même la phrafe un peu obfcure. Fidéle, à qui ?

D'une longue vertu laiffe un jour le modéle.

Je ne condamnerois pas cette hardieffe.

Il fçait, (car leur amour ne peut être ignorée)
Que de Britannicus Junie eft adorée.

Cet *il*, qui doit fe rapporter à Néron, &
qui fe rapporte par la conftruction au dernier
nominatif, lequel eft *le jour*, eft une incor-
rection très-légére, parce qu'en toute phrafe
où le fens eft manifeftement clair, il n'y a plus
de fautes. C'eft une régle générale.

    Car leur amour ne peut être ignorée,

Puifque Britannicus & Junie s'aimoient en
fecret, Néron pouvoit très-bien l'ignorer,
quoiqu'Agrippine en fût inftruite.

Et ce même Néron, que la vertu conduit;
Fait enlever Junie au milieu de la nuit.

L'ironie, cette figure si familiére à Corneille
& qui doit entrer si rarement dans une Tragédie, ne doit pas être employée, ce me semble,
en parlant à une Confidente. Il faut du moins
que la dignité du Personnage à qui l'on adresse
l'ironie, la reléve en quelque sorte, & lui ôte ainsi ce qu'elle paroît avoir de bas & de comique.

Que veut-il ? est-ce haine ? est-ce amour qui l'inspire ?

On dit bien que l'amour inspiroit Tibulle &
Pétrarque ; mais ce n'est pas dans le même sens;
& je crois qu'ici le mot propre manque à Racine : outre que dans aucun cas, l'inspiration
ne peut convenir à la haine. Cette remarque
est sévere, mais incontestable.

Ou plutôt n'est-ce point que sa malignité
Punit sur eux l'appui que je leur ai prêté ?

Si un autre que Racine eût employé cette
expression, je ne la croirois pas assez élevée
pour le ton de la Tragédie qui doit toujours
être noble, quoique sans enflure. Mais respec-
tons nos Maîtres.

Arrête, chére Albine.

Cette maniére d'interrompre suppose un
grand intérêt, une grande passion : or, il me semble qu'Agrippine, ici, ne devoit pas être si pres-
sée de prendre la parole, & qu'elle pouvoit se
dispenser de cette interruption. Toute figure,
hors de sa place, est toujours froide. Voilà pourquoi

quoi peut-être le cinquiéme acte des Horaces
fait si peu d'effet. Lisez les remarques de M. *de*
Voltaire, sur ce cinquiéme acte, & surtout,
sur le plaidoyer de Valére.

Néron jouit de tout ; & moi, pour récompense,
Il faut qu'*entr'eux* & lui je tienne la balance.

Pourquoi *entr'eux* ? qui sont-ils ? par la
construction de la phrase, *eux* ne se rapporte qu'aux Ayeux de Silanus. Mais de qui
Racine vouloit-il parler ? Je ne sçais ce qu'un
Grammairien rigide pourroit répondre à cette
observation, qui est cependant minutieuse,
parce que les douze vers précédents apprennent
au lecteur attentif, que c'est entre *Néron* & le
parti de *Britannicus*, *réuni avec celui de Junie*,
qu'Agrippine doit tenir la balance.

Mais, prendre contre un fils tant de soins superflus !

Ce mot *superflus* est plus qu'inutile ; car il
fait presque un contresens. Plaignons les Poëtes toujours gênés par la rime ; mais sachons-
leur gré de la difficulté vaincue ; & admirons
l'éloquence & le caractére d'Agrippine qui est
supérieurement développé dans cette premiére
Scéne. On y trouve déjà, comme l'a dit M.
de Voltaire, *toute l'énergie de Tacite avec des*
vers dignes de Virgile.

E

SCENE II.

Au nom de l'Empereur, j'allois vous informer
D'un ordre qui d'abord a pû vous allarmer,
Mais qui n'eft que l'effet d'une fage conduite,
Dont Céfar a voulu que vous *foyez* inftruite.

L'on diroit *en profe, a voulu que vous fuf-
fiez inftruite.* Je ne fçais s'il eft permis de dire
autrement en vers ; mais il me femble que Racine, en cette occafion, s'éléve au deffus de la
régle, pour plaire à l'oreille & rendre le difcours plus animé. Ce font des fineffes de langue plutôt que des fautes.

Mais fouffrez que je retourne *exprès . . . ,*

Exprès ne me paraît pas un terme affez noble ; & l'on voit affez que c'eft la rime feule
qui l'améne.

Je puis l'inftruire au moins, *combien* fa confidence
Entre un fujet & lui doit laiffer de diftance.

On enfeigne toutes les Sciences, l'on peut
enfeigner celle de régner, & l'on inftruit un
Empéreur des devoirs de fon rang ; mais on
ne l'inftruit pas *combien* il a de devoirs à rem-
plir. Petite remarque : Y a-t-il des fautes, au

milieu de tant d'éloquence ? Ce difcours d'A-
grippine mérite le même éloge que nous avons
donné à la Scène précédente. On n'avoit
point encore entendu fur notre Théâtre des
vers auffi nobles, auffi élégans, d'un ftyle auffi
pur, également éloigné de l'enflure & de la
familiarité. Racine commençoit dès-lors à s'approcher de la perfection.

Mais puifque, *fans vouloir que je le juftifie*,
Vous me rendez garant du refte de fa vie,

Agrippine paroît vouloir éviter toute expli-
cation ; mais elle n'a pas défendu à Burrhus de
juftifier fon fils. Peut-être que cette expreffion n'eft pas affez mefurée. On peut juger,
par cette remarque même, toute rigoureu-
fe qu'elle eft, de mon refpect pour Racine.
Tout ce qui n'eft point parfait me femble au-
deffous de lui. C'eft, par cette raifon, que
j'oferai encore défapprouver ce vers ;

Ah ! Si *dans l'ignorance il le falloit inftruire*.

Qu'eft-ce qu'*inftruire dans l'ignorance* ?
Cela n'eft ni bien penfé ni bien écrit. Mais qui
pourra chercher des fautes dans cette admirable tirade ?

Pourquoi *de fa conduite éloigner* les flatteurs?

On peut éloigner les flatteurs de la per-

F ij

fonne ; mais on ne peut vouloir les *éloigner
de fa conduite.*

Burrhus veut dire : *Pourquoi ne l'a-t-on
pas fait élever par des flateurs ?* Il ne le dit
point.

*Toujours humble, toujours le timide Néron,
N'ofe-t-il être Augufte & Céfar que de nom ?*

Il femble qu'il manque ici un article, ou
qu'il y en a un de trop.

*Rome, à trois affranchis fi longtems affervie,
A peine refpirant du joug qu'elle a porté ;
Du régne de Néron compte fa liberté.*

C'eft encore une figure neuve & heureufe,
dont Racine embellifíoit la Langue des Poëtes.

Tout l'Empire n'eft plus la dépouille d'un Maître.

Tout, me paroît inutile, & je crois que
l'Empire feul dit plus que *tout l'Empire.* Quel
homme ! Quel ftyle ! Quelle pureté ! Puifque la
critique, en examinant fes ouvrages avec toute
fa rigueur, n'y peut trouver que des négligences fi excufables, & qui font même affez
rares !

*Ainfi fur l'avenir n'ofant vous affurer,
Vous croyez que, fans vous, Néron va s'égarer !*

S'assurer sur l'avenir ne me présente point un sens
assez clair, assez précis, assez déterminé. C'est
Racine, lui-même, qui me rend si difficile.

> Néron m'apprend par votre voix,
> Qu'envain Britannicus *s'assure sur mon choix.*

Voilà encore la même tournure & la même
expression. Cela prouve clairement que ce
n'est point une négligence, & que Racine se
pardonnoit cette hardiesse, en faveur de la
précision. Il ne m'appartient pas d'être plus
sévére que lui.

> Ne peut-il faire *un pas qui ne vous soit suspect* ?

Il faut bien remarquer que cette figure est
hasardée & semble incohérente. C'est au
Lecteur à l'approuver ou à la proscrire.

> » Quoi ! de vos ennemis devenez-vous l'appui ?
> » Pour trouver un *prétexte à vous plaindre* de lui.

Si les Poëtes n'avoient point de ces libertés,
il faudroit ne plus écrire en vers. Aussi ne fe-
rai-je plus de pareilles observations. Mais que
le reste de ce morceau est intéressant ! Que
Burrhus est grand ! Il ne monte point sur des
échasses. Racine avoit inspiré Despréaux quand

celui-ci difoit, dans fon Art poëtique, en parlant des qualités néceffaires au Poëte :

» Qu'en nobles fentimens il foit par-tout fécond :
» Qu'il foit aifé, folide, agréable, profond :
» Que de traits furprenans, fans ceffe il nous réveille ;
» Qu'il coure dans fes vers, de merveille en merveille ;
» Et que tout ce qu'il dit facile à retenir
» De fon ouvrage en nous laiffe un long fouvenir,

» *Je vous laiffe écouter & plaindre fa difgrace,*
» *Et peut-être, Madame, en accufer les foins*
» *De ceux que l'Empereur a confulté le moins.*

L'on diroit en profe, *en accufer ceux que l'Empereur a confultés le moins.*

S C E N E   I I I.

» On m'enleve Junie! *une loi trop* févére
» Va féparer deux cœurs qu'affembloit leur mifère.

Ce n'eft point la loi qui va féparer Britannicus & Junie ; c'eft l'autorité de Néron : ce n'eft point à un Amant fur-tout, qu'il convenoit de prendre pour une loi la volonté arbitraire & tyrannique du fils d'Agrippine & d'Ænobarbus.

On ne m'accufera point de diffimuler les fautes qui me paroiffent réelles; mais on me trouvera peut-être trop févere. Le moyen de contenter tout le monde!

SCENE IV.

» Et qui, fi je t'en crois, *a de fes derniers jours*
» *Trop lents pour fes deffeins précipité le cours.*

NARCISSE.

N'importe, elle fe croit, comme vous, outragée.

On ne voit pas, pourquoi Narciffe a fait une pareille confidence à Britannicus : elle eft trop importante pour que le Spectateur n'en fçache pas précifément les motifs; & Narciffe ne les explique pas affez, en difant, *n'importe*. Vraiment oui, cela importe beaucoup, & furtout à Britannicus. Un fils, qui femble paffer auffi légérement fur la mort de fon Pere, quelque jeune qu'il foit, ne gagne pas la bienveillance des Spectateurs. Cette inattention de Racine me paroît très-grave. Il n'y a que deux vers à fupprimer; mais enfin ces deux vers gâteroient la plus belle Scène, à mon avis :

» Tandis qu'on vous verra d'une voïx suppliante ;
» *Semer ici la plainte* , & non pas l'épouvante.

Cette double métaphore me paroît manquer de
juſteſſe. On ne peut *ſemer la plainte* , quoiqu'on
diſe très-bien *ſemer l'épouvante* : pourquoi ? c'eſt
que l'épouvante ſe communique & ſe multiplie
comme les grains qu'on a ſemés. Toute figure
qu'on ne ſçauroit faire paſſer ſur la toile doit
être rejettée. Appliquez cette régle à toutes les images ; & vous jugerez, à coup ſûr ,
ſi elles ſont admiſſibles ou non. Remarquons
cependant, l'art du Poëte qui couvre toujours
ſes fautes d'un voile ſéduiſant : voyez ,
comme il a ſoin de joindre le mot propre à celui qui ne l'eſt pas , & de corriger
l'imperfection de la premiére image par celle
qui la ſuit :

» Il n'en faut pas douter, *vous vous plaindrez toujours.*

Il eſt certain que , tandis qu'il ſe bornera
à parler, il ne fera que ſe plaindre ſans agir :
cela eſt trop vrai, & par conſéquent cela ſemble approcher du ſtyle que M. de Voltaire appelle *Niais.* Cependant, comme il ne convient
pas à Narciſſe de s'expliquer plus clairement ;
que ſon objet eſt d'irriter Britannicus plutôt
que de le pouſſer à une révolte ouverte ; ce vers
me paroît fort à ſa place & très-bon.

» Ah

» Ah! Narcisse tu sçais si de la servitude,
» Je prétends *faire encore une longue habitude*.

Le Poëte; qui commande le plus à la rime, succombe quelquefois sous son joug trop pesant. *Faire habitude*, n'est pas François, ce me semble. On se fait *une habitude*; mais *on ne fait aucune habitude*, ni en Prose, ni en vers.

Du reste, tout ce que dit Britannicus est intéressant & purement écrit.

» . . . . . Ah! *quelle ame assez basse*...
» C'est à vous de choisir des confidens discrets.

Plus le rôle de Narcisse est odieux, plus il en falloit soigner le style; cette interruption n'est pas une beauté.

» Narcisse *tu dis vrai*: mais cette défiance,
» Est toujours d'un grand cœur la derniere science.

Ces expressions sont maintenant reléguées dans les Comédies; mais, ce qui est bien plus digne de remarque, c'est que l'atrocité du caractère & des manœuvres de Narcisse, dispose insensiblement l'auditoire en faveur de Britannicus. Plus on lit Racine, plus on découvre

G

de beautés, dont on n'avoit pas encore été aſſez frappé : tel eſt, du moins, l'effet que chaque lecture ſuivie a produit ſur moi, depuis vingt années.

ACTE II.

SCENE PREMIERE.

On voit aſſez, par cette premiére Scène, que Néron ne s'annonce pas comme un monſtre : c'eſt qu'il ne l'étoit pas encore ; c'eſt que tous les vices dont il avoit le germe, n'étoient pas encore développés ; voilà le but moral que Racine s'eſt propoſé. Il a voulu que l'on vit par quels reſſorts des hommes corrompus pouſſoient au crime le Prince qui a le malheur de les écouter. On a eu raiſon de dire qu'il ne manquoit à cette pièce, unique dans ſon genre, que d'avoir des Rois pour ſpectateurs.

» Je le veux, je l'ordonne; & que la fin du jour
Ne le retrouve pas dans Rome ou dans ma Cour.

En profe, l'on diroit *ni* au lieu d'*où*; mais fi l'on n'accordoit pas aux Poëtes ces petites licences, il n'y auroit plus de vers françois.

SCENE II.

Ici le caractère de l'odieux Narciffe & celui de Néron commencent à fe développer. C'eft en flattant la paffion des Grands ; c'eft en la fervant, que l'on parvient aifément à leur plaire. Plufieurs perfonnes ont fait grace au rôle de Narciffe , parce qu'il peut faire aimer la vertu en infpirant une horreur falutaire pour le vice & pour les flatteurs.

» Narciffe c'en eft fait, Néron *eft amoureux.*

Cette expreffion feroit mieux placée dans une Comédie que dans une Tragédie.

» Cette nuit je l'ai vûe, arriver en ces lieux,
» Trifte levant au Ciel fes yeux mouillés de larmes,
» Qui *brilloient* au travers des flambeaux & des armes;

Sont-ce les yeux de Junie? Sont-ce fes larmes qui brilloient? (demandent quelques critiques.) Ce qui (ajoutent-ils) *femb'e pouvoir être relatif à tous deux* , la remarque feroit jufte , fi le fens de ces vers n'étoit pas auffi manifeftement clair.

G ij

Tout le monde a retenu les deux vers suivans.

» Belle, sans ornement, dans le simple appareil,
» D'une beauté qu'on vient d'arracher au sommeil.

C'est ce talent de dire les plus petites choses avec une élégance inconnue avant lui, qui caractérise sur-tout Racine.

» Trop présente à mes yeux, je croïois lui parler.

Quoiqu'il n'y ait point d'*Ablatifs* en françois, cette tournure est familière à notre Poësie : en prose, ce seroit un *Latinisme*, que les bons Auteurs se permettent rarement.

» Soit que son cœur *jaloux, d'une austère fierté,*
» Enviât à nos yeux sa naissante beauté ;
» *Fidele à sa douleur* & dans l'ombre enfermée,
» Elle se deroboit même à sa renommée ;

L'exemple de Racine a fait passer dans notre Poësie cette tournure inexacte, qui avait été employée par ses prédécesseurs. *Fidéle à sa douleur*, me paroît moins heureux : mais personne encore n'avait essayé de perfectionner notre langue ; & le grand Corneille, qui trouva plusieurs expressions de génie, négligeoit trop son style.

» Dis-moi, *Britannicus l'aime-t-il ?* . . . .

Cette queſtion juſtifie la remarque que j'ai faite précédemment ſur ce vers d'Agrippine, au premier acte :

» *Il ſçait, car leur amour ne peut-être ignorée,*

» D'autant plus malheureux, qu'il aura ſçu lui plaire ,
» Narciſſe , il doit plutôt ſouhaiter ſa colere.

C'eſt ici que Néron ſe montre tel qu'il eſt; & ce ſeul vers peint ſa conformité avec Narciſſe , *cujus abditis adhuc vitiis mire congruebat,* dit Tacite.

» Néron *impunément ne ſera pas jaloux.*

Il n'y a perſonne qui ne devine la penſée de Racine : & le premier mérite du ſtyle eſt d'être rapide ſans être obſcur.

» Vous! Et de quoi, Seigneur, vous *inquiétez-vous !*

Cette expreſſion, ſemble être trop familiére : mais les vers ſuivans ſont d'une élégance dont on n'avoit point de modéles.

» A combien de chagrins il faut que je m'apprête.

Il faut convenir que ce vers eſt moins heureux que les précédens : mais quel art dans toute cette Scène ! comme il ne s'y montre jamais !

» Trop heureux, fi bientôt, la *faveur* d'un divorce,
» Me foulageoit d'un joug qu'on m'impofa par force !

Ce n'eft qu'un mot, & ce mot eft de génie.

» Le Ciel même, en fecret, femble la condamner :
» Ses vœux, depuis quatre ans, *ont beau* l'importuner.

Voyez comme cette expreffion empruntée du langage familier fe trouve ici heureufement employée ! Les ouvrages de Racine font l'hiftoire des progrès du goût.

» Vous feul, jufques ici, contraire à vos defirs,
» N'ofez par un divorce, *affurer vos plaifirs*.

Il femble qu'on voie Néron entre le vice & la vertu, lutter encore contre fes penchans & Narciffe. Ce font ces combats qui produifent tout l'intérêt au Théâtre . . Un méchant homme, fans mélange de bonté & fans remords, ne s'y fera jamais écouter longtems. Je parle des premiers rôles & non des confidens qu'on eft en poffeffion d'avilir.

» Je m'excite contr'elle, & *tâche à la braver.*

C'eſt la premiére fois que je trouve cette expreſſion ; *tâche de la braver* , me ſembleroit plus correct. *On s'attache à bien faire ;* mais *en tâchant de faire mieux* , on y parvient.

» Mais enfin, mes efforts, ne me ſervent de rien.

Ce ſecond *mais* me ſemble inutile.

» Impatient, ſur-tout, de revoir *ſes amours ;*
» Il attend de mes ſoins ce fidéle ſecours.

Ses amours , eſt une expreſſion qu'il faut reléguer dans les Comédies.

Je n'ai point d'autres remarques à faire ſur cette admirable Scène.

SCENE III.

CETTE Scène n'eſt pas intéreſſante , parce qu'on ſçait déjà , que Néron n'eſt point aimé, & qu'il ne doit pas l'être ; mais le ſtyle eſt toujours enchanteur ; & il y a, du moins, de l'intérêt de curioſité.

» . . . Penfez-vous, Madame, qu'en ces lieux ;
» Seule pour vous connoître, Octavie ait des yeux.

Pour vous *connoître*, n'étoit pas, ce me
femble, le mot propre.

» Quoi! Madame, eft-ce donc une légére offenfe,
» De m'avoir fi longtems caché votre préfence ?

Ces galanteries ne font pas du ton de la
tragédie, ou je me trompe fort.

» Son pere me nomma pour l'objet de fes vœux.

Ce vers me paroît foible & n'exprime
pas affez clairement, que Claudius lui avoit
deftiné fon fils en mariage.

Le difcours de Néron eft noble & convenable à un Empereur de Rome; il eft également éloigné de la déclamation, de l'enflure, de la fade galanterie & de l'affectation.
Je n'y trouve à reprendre que *vos beaux
yeux*.

» Les Dieux ont prononcé : loin de *leur contredire;*
» C'eft à vous de paffer du côté de l'Empire.

C'eft peut-être une fineffe de langue : on
contredit

contredit quelqu'un ; mais on *contredit aux ordres*.

» Et lorsqu'avec frayeur je parois à vos yeux,
» *Que sur mon innocence à peine je me fie ;*

Je ne sais pourquoi Racine a préféré ce vers à celui-ci, qui étoit tout aussi naturel.

» *Lorsqu'à mon innocence à peine je me fie :*

Etoit-ce pour éviter la répétition du mot, *lorsque* ? Etoit-ce pour éviter les deux *à* ? Est-ce que, *se fier sur son innocence*, est plus exact que, *se fier à son innocence* ? Je cherche à m'instruire.

» Je vous ai déjà dit que *je la répudie*.

Ce mot est dur, & c'est ce qui en fait la beauté. Il peint Néron.

Répudie rime ici, avec *modestie*. On ne trouve guères de rimes insuffisantes dans les Poëmes de Racine. Celle-ci est la premiére qui m'ait frappé.

»   :   :   : *Il a sçû me toucher.*
» *Seigneur & je n'ai point prétendu m'en cacher.*

Observons que l'imprudente naïveté de Junie commence à la rendre très-intéressante,

H

& que cette tirade eſt écrite d'un ſtyle auſſi pur qu'enchanteur. M. de Voltaire l'a comparée avec un morceau du célébre Maſſillon, le premier qui ait fait entendre, dans la chaire, cette éloquence qui va au cœur.

» Et ce ſont ces plaiſirs & ces pleurs que j'envie,
» Que tout autre que lui me *payeroit de ſa vie.*

On prononce aujourd'hui *me pairoit.*

» *Caché près de ces lieux* ; je vous verrai, Madame.

Néron , qui ſe cache pour écouter deux amans, joue un rôle indigne de la tragédie; mais je ne ſçais ſi ce défaut n'eſt pas un peu racheté par l'intérêt qu'il répand ſur la converſation de Junie avec Britannicus , qui, ſans cela , n'eût été qu'une Scène de galanterie.

SCENE VI.

» Mais *parmi ce plaiſir*, quel chagrin vous dévore?

Parmi *exige néceſſairement un pluriel ou un ſingulier collectif*, c'eſt une des cent remarques de M. l'Abbé d'Olivet.

» Faut-il que je dérobe , avec mille détours,
» Un *bonheur*, que *vos yeux m'accordoient* tous les jours?

Un *bonheur accordé par les yeux tous les jours*, & *dérobé avec mille détours*, n'eft pas d'un ftyle pur ni élégant.

» Que faifoit votre amant ? quel *Démon envieux*,
» *M'a refufé l'honneur de mourir à vos yeux.*

C'eft ainfi qu'on écrivoit avant Racine : *Démon envieux* ne fe diroit pas aujourd'hui.

Je remarque les plus petites fautes, dans cette Scène, parce que rien n'eft plus froid que la galanterie & les amourettes, les rup-tures & les raccommodemens.

» Vous êtes en des lieux tous pleins de fa puiffance :
» Ces murs mêmes, Seigneur, peuvent avoir des yeux,
» Et jamais l'Empereur n'eft abfent de ces lieux.

Il étoit difficile de s'exprimer mieux que Junie ; dans la fituation où elle fe trouve : elle dit précifément ce qu'elle doit dire, ni trop, ni trop peu. C'eft une grande régle.

Ah ! Seigneur... vous parlez contre vôtre penfée.

Quelques Critiques ont trouvé ce détour un peu fin pour une jeune *Princeffe* : mais ils n'ont pas voulu appercevoir que le danger de Bri-tannicus étoit le feul nœud de cette Piéce, comme fa mort en eft le dénouement.

Ainſi l'interruption de Junie eſt un coup de Théâtre : il y a beaucoup d'art dans les détails de cette Scène ; on y reconnoît la main d'un grand Maître : Corneille négligeoit trop cet art , & ſe laiſſoit trop gouverner par ſon ſujet ; c'eſt peut-être la véritable cauſe des inégalités que l'on trouve dans tous ſes Poëmes.

S C E N E V I I.

Il n'y a que deux mots, dans cette Scène ; & ces deux mots en font toute la beauté. *Ne quid nimis.*

SCENE VIII.

» Elle aime mon Rival , je ne puis l'ignorer ;
» *Mais je mettrai ma joie à le désespérer.*

VOILA Néron tout entier ; voilà le monftre
en liberté.

» Je me fais de fa peine une image charmante.

Si l'Auteur avoit voulu que l'on s'intéreffât
pour Néron, il fe feroit bien gardé de met-
tre un tel vers dans fa bouche : on ne pardonne
qu'a des Amantes fidéles & trahies les exagé-
rations du défefpoir , & les fouhaits im-
puiffans d'une jaloufie forcenée. Les quatre derniers vers de cet acte , que l'on
récite rarement au Théâtre , me paroiffent
révoltans. Narciffe s'eft déjà fait connoître
affez ; & , à quelque dégré de fcélérateffe &
d'aviliffement qu'un méchant homme foit par-
venu, tant qu'il ne fera pas en démence, il
ne dira jamais de lui-même.

» *Et pour nous rendre heureux, perdons les miférables.*

Avouons que la fin de cet acte est un peu foible.

———————————

ACTE III.

SCENE PREMIERE.

» Ne doutez point, Seigneur, que ce coup ne la frappe:
» Qu'en reproches bientôt fa douleur ne *s'échappe* :

C E n'est pas le mot propre, parce que ce n'est pas un courtifan qui parle ; c'est Burrhus : mais quel Poëte peut toujours commander à la rime ?

» Ses tranfports, dès longtems *commencent d'éclater.*

Voilà deux mots bien étonnés de fe trouver enfemble ; & j'ajouterai (dans le ftyle de *Fontenelle*) *qu'ils n'en font pas bien aifes.*

» Quoi ! *de quelque deffein la croyez-vous capable* ?

Deffein eft trop vague & rend le fens louche ; car il n'y a qu'un imbécille qui ne foit capable d'aucun deffein.

» Et ce qui me la fait redouter davantage,
» C'est que vous *appuyez* vous-même son courroux.

Encore un mot impropre.

» Je vous entends, Burrhus, *le mal est sans reméde:*

Cette expreſſion eſt devenue trop familiére.

» *Il faut que j'aime enfin.*

BURRHUS.

Vous vous le figurez.

Ces deux hémiſtiches ſont plus dignes de
la Comédie que de la tragédie.

Voilà pluſieurs fautes qui, toutes légéres
qu'elles ſont, arrêtent un Lecteur judicieux
& délicat : mais Racine ſe releve bientôt; &
tout le reſte de cette Scène eſt écrit comme
lui ſeul ſçavoit écrire.

Les nouveaux éditeurs de Racine viennent
de rendre au public une Scène entiére que les
conſeils de Deſpreaux avoient fait retrancher,
& qui méritoit, ce me ſemble, d'être conſervée.

SCENE II.

» Cette *férocité*, que tu croyois fléchir,

» De *tes foibles liens est préte à s'affranchir* ;

» *En quels excès peut - étre elle va se répandre* !

S E *répandre en excès*, n'est pas exact , peut-
être ; mais quelle abondance d'images ! Quelles
richeffes de ftyle !

» Mais quoi , fi d'Agrippine excitant la tendreffe,

' » Je pouvois . . . la voici, *mon bonheur me l'adreffe.*

Mon bonheur me l'adreffe , n'eft pas heureux.

SCENE III.

QU E cette Scène eft belle ! c'eft ainfi qu'il
eft permis de traiter la politique fur nos Théâtres , en y faifant contrafter habilement les
paffions avec la vertu. ·

» N'imputez qu'à *Pallas un exil néceffaire.*

Ce vers n'a pas un fens clair. On devine bien ce que l'Auteur a voulu dire ; mais
ce n'eft pas affez.

Ce

» . . . . . Par *un chemin plus doux*,
» Vous lui pourrez plutôt ramener fon époux.

Cette figure n'eſt pas heureuſe : mais le diſcours d'Agrippine eſt plein de force, & la réponſe de Burrhus eſt ſublime.

————————————

SCENE IV.

» Contraindrez-vous Céfar juſques dans *ſes amours* ?

J'AI déjà remarqué que cette expreſſion étoit réléguée dans les Comédies.

————————————

SCENE V.

IL n'y a ni de grands mouvemens ni beau- coup d'action dans cette Tragédie ; mais la marche en eſt réguliére & rapide.

» . . . . Prince, que dites-vous ?
» *Sylla, Piſon, Plautus, les Chefs de la Nobleſſe !*

Quel art dans cette réponſe ! comme Agrip- pine à l'air de s'oublier ! comme elle ſe repent déjà de l'entrepriſe commencée ! cette impru-

I

dence la reconcilie, tout-à-fait, avec le fpectateur.

» Seigneur, à vos foupçons, donnez moins de *créance.*

C'eſt la premiére fois que je trouve ce mot
dans Racine ; & aucun Ecrivain, que je ſça-
che, ne l'a employé : croyance eſt le mot
uſité.

» J'ai promis, il ſuffit, *malgré vos ennemis,*
» Je ne révoque rien de ce que j'ai promis.

Il faut permette aux Poëtes ces tournures
inexactes, en faveur de la préciſion.

SCENE VI.

» Puis-je fur ton récit *fonder quelqu'aſſurance ?*

JE trouve, ici, quelque impropriété dans l'expreſſion ; mais le plus grand défaut de cette
Scène, c'eſt que l'amour de Britannicus ne
remue pas aſſez les ſpectateurs : c'eſt de la galanterie plutôt que de la paſſion ; & le ſtyle n'a
peut-être pas cette dignité à laquelle le Poëte
tragique doit toujours s'élever. Jugez-en par

ces vers qui feroient charmants dans une Idille.

» . . . . Mais je fens, malgré moi,
» Que je ne le crois pas autant que je le doi.

. . . .
. . . .

» Peut-être elle fuyoit pour fe faire chercher, &c.

Cette Scène qui eft très-foible, finit défa-gréablement par ce vers un peu ridicule.

» *Ah ! Dieux ! à l'Empereur portons cette nouvelle ?*

SCENE VII.

» Retirez-vous, Seigneur, & *fuyez un courroux*
» *Que ma perfévérance allume contre vous.*

CELA eft trop figuré, ce me femble, & M. *de Voltaire* a eu grande raifon de dire qu'il falloit fur-tout employer la magie du ftyle dans les Scènes, dont le fond eft peu intéreffant par lui-même : c'eft pourquoi je remarquerai dans celle-ci les plus légéres inad-vertances du Poëte.

» Sans doute, en me voyant, une *pudeur* secrette
» Ne vous laisse goûter qu'une joie inquiéte.

Je n'aime point qu'on parle de *pudeur* à une jeune fille, quand on est tête-à-tête avec elle.

» *Chastes sont les oreilles,*
» *Encor que les yeux soient fripons.*

Et puis, qu'est-ce qu'*une fuite qui assure des desirs ? Laisser un champ libre aux soupirs ?*

» Je ne *murmure point qu'une amitié* commune
» Se range du parti que flatte la fortune.

C'est un solécisme de phrase : appellons les choses par leur nom. On murmure contre sa maîtresse, contre son ami, & on murmure *de ce qu'on est trahi ; mais on ne murmure point qu'un ami nous trahisse.* Du reste, ces reproches de Britannicus à Junie sont intéressants : ils font aimer ce jeune Prince, & on le plaint d'être si malheureux. Le style est facile, naturel, & parle à l'ame.

» Dans un tems plus heureux, ma *juste impatience*
» *Vous feroit repentir de votre confiance.*

Si le moyen étoit petit, si l'action, qu'on a vûe, étoit au-dessous de la Tragédie, le récit en feroît encore moins tolérable ; & il faut convenir que ces deux mots : *Quoi ! le cruel !..* n'aident point à réchauffer cette Scène.

Voilà dequoi juſtifier, ſans doute, les Cenſeurs, qui s'élevérent d'abord contre cette Tragédie, dont cependant les beautés ſurvivront à la critique ; & qui ſera regardée, à jamais, comme la plus ſublime leçon qui puiſſe être donnée aux Souverains.

» Il n'eſt que trop inſtruit *de mon cœur & du vôtre ;*

Cela ne me paroît pas François : mais, quelle élégance, quelle pureté , quelle douce harmonie dans les vers ſuivans , qui ſemblent ſortir du cœur !

SCENE VIII.

« » Prince, continuez des tranſports ſi charmants , &c.

Ce coup de Théâtre ne produit aucun effet,
où il fait rire. Pourquoi ? c'eſt que la ſituation
d'un Amant, ſurpris aux genoux de ſa maî-
treſſe , eſt un peu comique , & nos mœurs
contribuent à la rendre tout-à-fait ridicule.

D'ailleurs, je ne ſçais ſi cette Scène eſt auſſi
bien faite, qu'elle pouvoit l'être; l'art ne m'y
paroît pas aſſez voilé : le Poëte s'y montre
trop. Le dialogue n'en eſt pas toujours naturel. C'eſt au Lecteur éclairé à juger , ſi
cette critique eſt bien ou mal fondée. Je ſuis
loin de vouloir prononcer.

« Ils ne s'attendoient pas , lorſqu'ils nous virent naître,
» Qu'un jour *Domitius* me dût parler en maître.

Ces vers ſont beaux ; ces ſentimens même
de Britannicus ſont nobles & convenables ;
mais étoit-ce de ſa naiſſance qu'il s'agiſſoit ?
ce n'eſt point là l'objet de la Scène. Il me
ſemble que ce n'eſt pas aller au but : il s'agit

de fa paffion pour Junie, & non pas des droits
qu'il avoit à l'Empire.

Chaque vers de cette Scène me confirme
dans mon opinion. Il eft bien étrange qu'un
Prince de vingt ans , amoureux comme l'eft
Britannicus, ait la patience de filer un dialogue. Je le répéte : le Poëte fe montre trop
à découvert.

» Pour moi , quelque *péril* qui me puiffe accabler,

Le *péril* n'accable point. Rien n'eft beau ,
fans le mot propre.

» Je ne fçais pas du moins épier fes difcours.

Voilà ce qu'il devoit dire d'abord; & voilà
ce que le fpectateur attendoit.

Junie reffemble trop à une Demoifelle qui
veut fe faire Religieufe , parce qu'on ne lui
donne pas fon amant en mariage.

La derniére Scène eft très - bien , parce
qu'elle conduit à la cataftrophe *femper ad
eventum feftinet.*

Convenons que ce troifiéme acte a pû nuire
au fuccès de cet Ouvrage , quand il parut,
pour la première fois : cependant ces défauts

ne devoient pas être apperçus, parce que Corneille lui-même n'avoit guères traité l'amour
plus tragiquement, & que son style n'avoit
pas cette élégance toujours harmonieuse que
Racine fit connoître le premier, dans ses vers
enchanteurs.

ACTE IV.

CET Acte seul vaut la plus belle Tragédie : c'est le chef d'œuvre de Racine & de
tous les Théâtres peut-être.

SCENE PREMIERE.

» *Qui depuis..: Rome alors estimoit leurs vertus.*

M. *de Voltaire* a peut-être trop imité cette
belle suspension, en parlant du jeune Biron
dans sa Henriade.

» *Qui depuis… Mais alors il étoit vertueux.*

J'eus foin de vous nommer, par un *contraire choix*,
» Des Gouverneurs que Rome honoroit de fa voix.

Je ne fçais fi *contraire* eft le mot propre :
contraire & *oppofé* ne font pas des termes fy-
nonimes.

» Et tandis que Burrhus *alloit fecrettement*
» *De l'armée en vos mains exiger le ferment* ;

Il paroît difficile d'engager, en fecret, une
Armée à prêter ferment entre les mains de
fon Maître :

» Du fruit de tant de foins *à peine jouiffant,*
» En avez-vous, fix mois, paru reconnoiffant,

Ce n'eft qu'une inverfion ; mais elle n'eft
pas heureufe, puifqu'elle rend le fens un peu
louche.

» Ils fe flattent tous deux du *choix* de votre Mère.

Le mot propre étoit *confentement.*

» Le Sénat, *chaque jour*, & le Peuple irrités,
» De s'ouïr, *par ma voix*, dicter vos volontés.

De *s'ouïr*, ce mot a vieilli ; mais je ne fçais
fi jamais on a pû dire : *irrité de s'ouïr* … . Cependant on diroit, *irrité de s'entendre dicter, &c.*

» Publioient qu'en mourant, Claude, avec fa puiffance,
» M'avoit encor laiffé fa *fimple* obéiffance.

K

C'eft le ehoix des épithétes qui diftingue
l'homme de génie du Poëte médiocre.

» Je n'ai qu'un fils : ô Ciel ! qui m'entends aujourd'hui,
» T'ai-je fait quelques vœux qui ne fuffent pour lui ?

Me permettra-t-on de hafarder ici une ré-
flexion ? Il me femble que le caractére d'A-
grippine, déjà bien développé, ôte à ce morceau tout le pathétique qui devroit y être,
parce que le Spectateur voit trop que ce n'eft
point la Nature qui parle; on eft tenté de
croire que les fentiments d'une mere telle
qu'Agrippine, ne font qu'un artifice ; & c'eft
ici qu'on peut appliquer cette excellente remarque de M. *de Voltaire.* » Rien ne déplaît
» plus au Théâtre que les expreffions fortes
» d'un fentiment foible : plus on eherche alors
» à attacher, moins on attache.

ACTE V.
SCENE PREMIERE.

L'AMOUR de Junie & de Britannieus n'eft
point intéreffant : voilà l'unique défaut de
cette Tragédie : c'eft pourquoi cette Scène eft
froide, & plus froide encore que les précéden-
tes, parce qu'elle fe trouve au cinquiéme
Acte.

» Oüi, Madame, Néron, *qui l'auroit pû penser*?
» Dans son appartement m'attend pour m'embrasser.

Cette parenthése, *qui l'auroit pû penser*, n'est
pas heureuse ; & le *qui* présente d'abord un
sens équivoque : ce *qui* paroît relatif à Néron.

» Quoique de leur dépouille il se pare à mes yeux ;
» Depuis qu'à son amour cessant d'être contraire,
» Il *semble me céder la gloire de vous plaire* ;

Ces vers seroient à leur place dans une Idille
où dans une Eglogue.

» Mon cœur, je l'avouerai, lui pardonne en secret,
» Et lui *laisse le reste* avec moins de regret.

Ce reste, qui veut dire l'Empire de Rome
& des humains, n'est assurément pas d'une
grande élégance.

» Quoi! Je ne serai *plus charmé de vos charmes*!

Que cela est fade ! & les vers suivans ne
sont pas de meilleur goût.

» *Avec combien de joie*, on y trahit sa foi.

La joie n'est guéres le partage de ceux qui
trahissent leur foi.

» Ah ! s'il vous avoit dit, *ma Princesse*, *à quel point* ..

Sans la nécessité de rimer, Junie eût dû interrompre son amant, avant ce vers très-
inutile.

K ij

» Tout m'eſt ſuſpect, *je crains que tout ne ſoit ſéduit.*

Il ne faut pas prendre pour des fautes ces tournures rapides & hardies qui appartiennent au Poëte.

» Je vous laiſſe à regret ; *éloigner de ma vûe.*

C'eſt un barbariſme : il falloit ; *je vous laiſſe à regret vous éloigner,* ou chercher quelqu'autre tournure.

» Hélas ! ſi cette paix, *dont vous vous repaiſſez,*
» *Couvroit contre vos jours* quelques piéges dreſſés, *&c.*

. . . .

. . . .

» . . , Vous pleurez ! *Ah ! ma chere Princeſſe !*

Ce n'eſt pas là le ſtyle de la Tragédie.

S C E N E II.

» *Ne faites point languir une ſi juſte envie.*

*F*AIRE *languir une juſte envie,* n'eſt aſſurément ni poëtique, ni élégant.

» *Allez ;* & *nous,* Madame, *allons* chez Octavie.

Allez & *nous, allons,* puis encore *allez,* ce ſont des négligences qu'on ne remarqueroit pas dans une Scène vive & intéreſſante.

SCENE III.

Racine se relève encore; & tout le morceau d'Agrippine est admirable.

» Passons chez Octavie, & donnons-lui le reste
» D'un jour *autant heureux*, que je l'ai crû funeste.

J'aimerois mieux *aussi heureux*, si la me-
sure du vers l'eût permis.

SCENE IV.

» Je vais le secourir, si je puis, où le suivre.

Il ne faut point faire parler des personnages
qui n'ont rien à dire. . . C'est pourquoi ce
vers fait rire quelquefois, quand ce n'est pas
une Actrice aimée du public qui joue le rôle
de Junie.

SCENE V & VI.

Le récit de Burrhus est d'une beauté achevée : on reconnoît Racine. Il n'y a point de

dialogue plus vif & plus ferré que celui qui commence la Scène fuivante.

» Hé ! Seigneur, ce foupçon vous fait-il tant d'outrage ?

J'admire l'adreffe du Poëte qui femble adoucir la cruauté trop atroce de Néron, en chargeant l'odieux Narciffe d'une partie de fon crime : mais je demande pourquoi Narciffe s'accufe prefque formellement, devant Agrippine, d'avoir empoifonné Britannicus.

Il eft vrai que cette imprudence produit une réponfe fublime ; Agrippine devient intéreffante du moment que le fpectateur entrevoit fa mort prochaine, & la punition future de tous les crimes de Néron.

SCENE VII & VIII.

» Néron l'a vu mourir, fans changer de couleur :
» Ses yeux indifférens ont déjà la conftance
» D'un Tiran, dans le crime endurci dès l'enfance.

M. De Voltaire fait dire à Henri IV, en parlant de la tête de Coligny.

» *Médicis la reçut avec indifférence,*
» *fans remords, fans plaifirs, maîtreffe de fes fens,*
» *& comme accoutumée à de pareils préfens.*

C'eft un tableau de Michel-Ange, copié par Raphaël.

» Narciffe plus hardi s'*empreffe* pour lui plaire.

S'empresse est un de ces verbes qui ne von jamais seuls & qui demandent un régime.

» Il vole vers Junie, & sans s'épouvanter,
D'une profane main *commence* à l'arrêter.

Commence est un mot oiseux & qui ralentit le récit : d'ailleurs Junie au désespoir ne devoit pas faire une harangue si longue à la statue d'Auguste.

Le châtiment de Narcisse étoit nécessaire, pour renvoyer le spéctateur content.

» . . . . *Il se feroit justice.*

Ce mot est d'une grande beauté, & sera toujours applaudi, quand il y aura une Actrice capable de jouer ce rôle, l'un des plus profondément pensés qui soient au Théâtre.

Tout le monde s'apperçoit qu'il étoit bien difficile de faire un cinquiéme Acte, après un Acte aussi plein, aussi sublime que le précédent ; & l'intérêt, ne pouvant plus croître, devoit diminuer ; mais le style pouvoit être plus exact & plus élégant.

M. l'Abbé d'Olivet n'a trouvé que cent fautes à reprendre dans toutes les Œuvres dramatiques de Racine ; & l'autorité de ce grammairien philosophe me paroît d'un si grand poids, que je

me défie beaucoup de mon jugement, toutes les
fois qu'il n'eſt pas conforme au ſien : cependant,
nous voilà d'un avis bien différent ; & mes
remarques manquent de juſteſſe ; ou il y en
avoit plus de cent à faire ſur les Tragédies de
Racine : mais nous les avons examinées tous
deux ſous des points de vûe bien différens.
M. l'Abbé d'Olivet *s'eſt renfermé* (comme il
l'annonce) *dans le Grammatical ;* peut - être
même n'a-t-il cherché qu'un prétexte pour
établir pluſieurs régles nouvelles & fondamen-
tales qui manquoient à notre Grammaire :
& moi j'ai voulu, du moins, autant qu'il
m'a été poſſible, diſtinguer également & les
vraies beautés & les fautes légéres du plus
parfait de nos Ecrivains. Enfin, j'ai prétendu
faire une analyſe exacte ſuivie & impartiale
des meilleures Tragédies de Racine ; je con-
tinuerai, dans cet eſprit ; & j'avertis encore
le lecteur, que je me tromperai ſouvent ſans
doute, mais que je ne le tromperai jamais.